Franziska Gehm

Bildermaus

Geschichten vom frechen Vampir

Illustrationen von Michael Bayer

Loewe

Der Umwelt zuliebe ist dieses Buch auf chlorfrei gebleichtem Papier gedruckt.

ISBN-10: 3-7855-5285-8
ISBN-13: 978-3-7855-5285-8
1. Auflage 2006

Umschlagillustration: Michael Bayer
Reihenlogo: Angelika Stubner
Printed in Italy (011)

www.loewe-verlag.de

Inhalt

Vampir Wackelzahn

Fritzi sitzt traurig in seinem 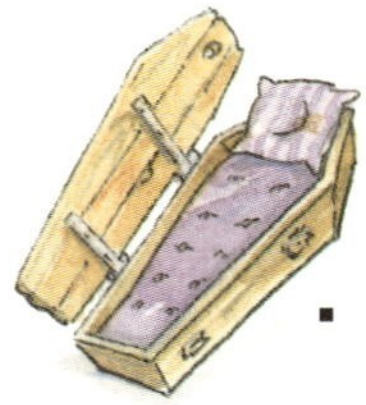.

Immer wieder muss er mit

seiner  an seinem  wackeln.

Auf einmal saust Dracline

vom  nebenan herein.

„Fritzi! Welche  ist dir denn

über den 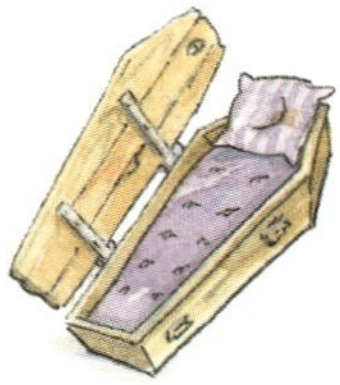 gelaufen?“, ruft sie.

„Wir wollten doch  werfen!“

„Ich kann nicht. Mein 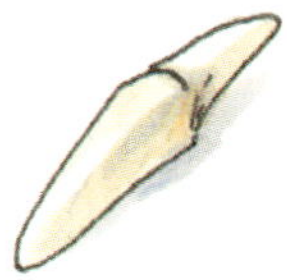 ist futsch. Guck!“

Fritzi macht den  weit auf und schaut leidend zur .

Dracline verdreht die .

„Der wackelt doch nur!“

„Ja, aber irgendwann – plong! – ist der 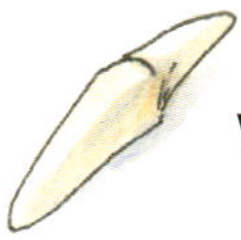 weg. Und dann bin ich kein echter  mehr!“, jammert Fritzi.

Eine dicke  kullert über seine .

Dracline hüpft schnell in den 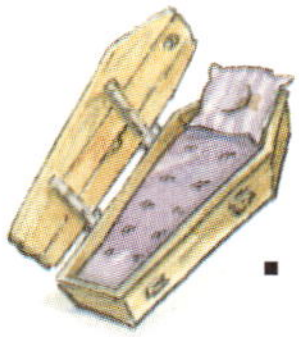.

„Das ist doch dein erster 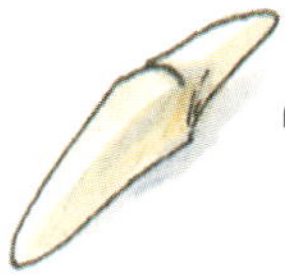“,

tröstet sie ihn. „Wenn der weg ist,

wächst dir ein richtiges 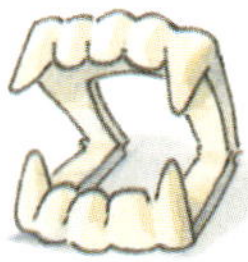.“

„Echt?“, staunt Fritzi. „Dann ziehe ich den 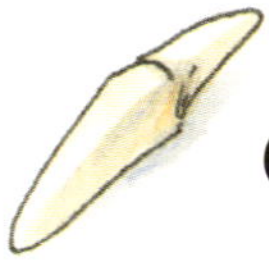 einfach raus.“

Er zieht, aber es macht nicht

– plong! –

„Ich weiß was!“, ruft Dracline. „Du musst drücken wie auf dem , dann fällt er bestimmt raus.“

Fritzi drückt, bis sein  rot wie ein 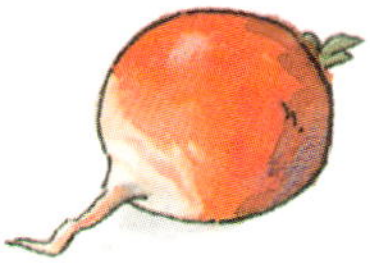 ist. Aber der 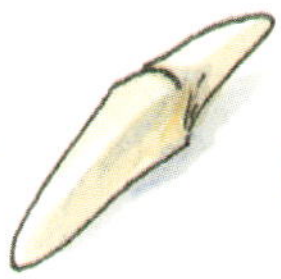 rührt sich nicht vom .

„Ich weiß noch was!“, ruft Dracline.

Fritzi runzelt die .

„Ich sauge den 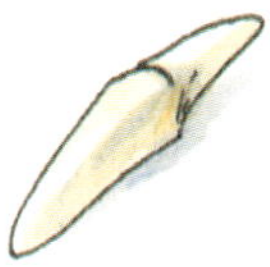 mit einem 

raus.“ Dracline holt einen 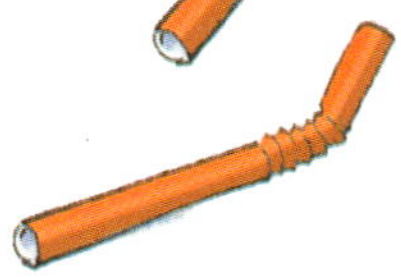

und stülpt ihn über den 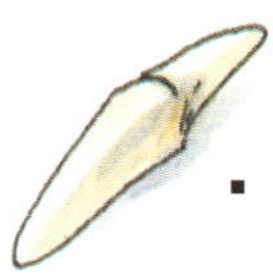.

Dann saugt sie wie ein  .

Wieder nichts!

„Jetzt weiß ich was“, sagt Fritzi

und fädelt den  aus

seinem  .

Er bindet ihn um den 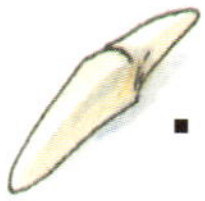.

„Zieh mal!“, sagt er zu Dracline

und gibt ihr den . Und sie zieht.

So, als würde sie einen  mit

einem  darauf ziehen.

– Plong! – Der  baumelt

am  . Dracline hängt ihn

Fritzi um den  .

„Die  wird dich beschützen."

Fritzi grinst. „Dracool!"

Knutschalarm!

Fritzi steht auf dem alten  .

Der  leuchtet gespenstisch,

und die  funkeln wie

die  eines  .

Fritzi klappern die 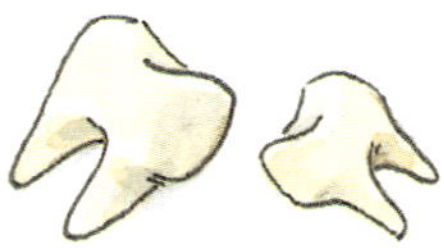 , und

seine  sind weich wie  .

„Ach du dicker  ,“ denkt er.

„Wieso liegt meine  gerade hinter dem ?“ Denn auf dem  wohnt Knutschtilde. Die älteste und hässlichste  der .

Und ständig will sie knutschen.

Bäh! Plötzlich schlagen

die 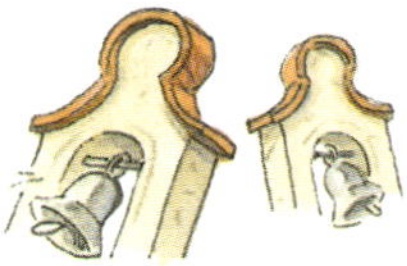 zwölfmal.

Fritzi wird steif wie eine ,

nur in seinem  fährt auf

einmal alles .

„Gleich kommt sie“, denkt Fritzi,

„und gibt mir einen

scheußlichen  auf die .“

Da huscht auch schon ein

riesiger  über einen .

Eine  ruft „Uhuuu!“

Fritzi versteckt sich hinter einem

knorrigen .

Vielleicht hat ihn Knutschtilde gar

nicht gesehen?

Plötzlich knackt ein 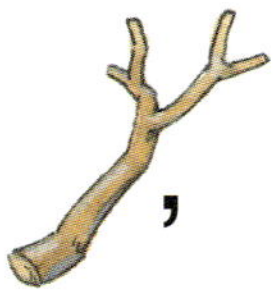, und Fritzi

hört ein lautes „Hiii, hiii!“

Knutschtilde hängt mit dem 

nach unten genau vor Fritzi.

„Bitte keinen !“, ruft Fritzi und

macht sich beinahe in die .

Knutschtilde reißt ihre  auf.

„He, wo ist dein 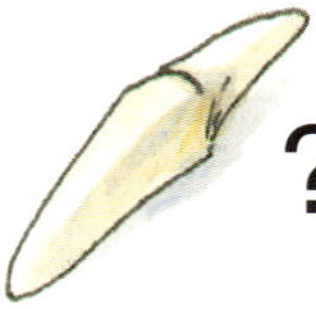? Ich knutsche

nur echte “, krächzt sie.

Wütend stampft sie mit dem 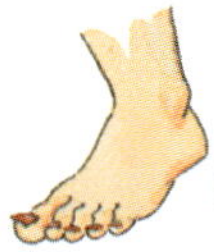 auf

und breitet ihren  aus.

Dann seufzt sie und fliegt davon.

„Puh,  gehabt“, denkt Fritzi und

pfeift erleichtert durch seine .

Flugstunde

„Juhu, ich lerne fliegen!“, ruft Fritzi.

Papa hängt ihm einen  um

und hebt ihn auf einen langen .

„Jetzt läufst du ganz schnell und

wedelst wild mit den  wie

ein aufgescheuchtes .

Dann springst du. Ab geht’s!“

Fritzi saust los. Er bewegt die  auf und ab, und auf einmal ist der  unter ihm weg. „Ich fliege!“

BUMM! „Aua!“, ruft Fritzi und reibt sich den . Er ist auf dem 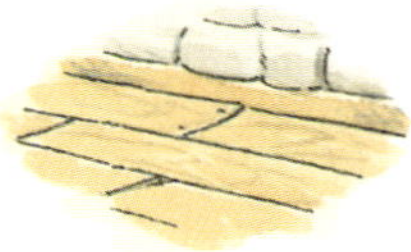 gelandet. „Ich ! Du musst vorher am  oben am 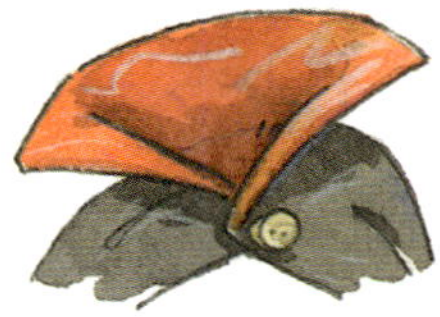 drehen“, lacht Papa. „Dann ist der 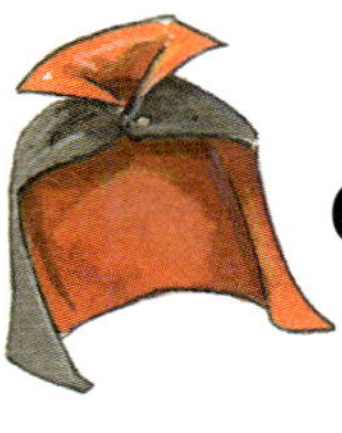 erst eingeschaltet.“

Fritzi klettert zurück auf den ,

dreht am  und saust wieder

los. Er stößt sich ab und schießt

wie eine  nach oben.

BOING!

„Aua!“, ruft Fritzi und reibt sich den . Er ist gegen den  geknallt.

Papa kratzt sich hinterm 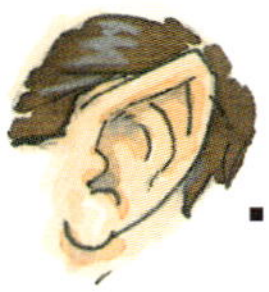.

„Nicht schlecht. Du musst nur noch mit den  steuern.“

Fritzi fliegt wieder los, immer um den  herum. Er kommt sich vor wie ein . „Brumm, brumm“, macht er und fliegt noch schneller.

Auf einmal dreht sich alles, und

Fritzi sieht nur noch  .

„Papa! Hilf mir!“, schreit er. ZACK!

Er ist mitten in den  von

Papa gelandet. „Danke!“, ruft Fritzi.

Das fliegende Geschenk

Heute wird bei Dracline gefeiert.

Vor dem  stehen viele 

mit . Fritzi ist auch da und

hat sogar ein super  für

Dracline. Schnell geht er durch

das große eiserne .

Überall im  sind .

Sie schlürfen blutrote ,

knabbern geröstete  und

getrocknete .

Plötzlich piekst es heftig unter

Fritzis .

Aus seinem 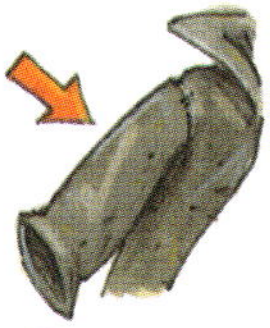 flattert eine

kleine  heraus.

„Warte!“, ruft Fritzi.

Doch die  schlürft schon an

einem .

Danach klaut sie einem alten 

einen leckeren  und frisch

gedünstete  vom 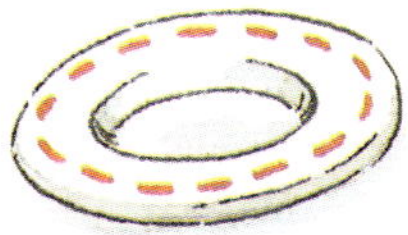.

„Komm zurück!“, ruft Fritzi laut.

Wie ein  schießt die 

über die  der  hinweg.

Dann landet sie auf dem 

von  Blutella.

„Hahuhi!“, kreischt sie.

„Runter von meinem !“

Die  saust

durch das  .

Fritzi folgt ihr noch bis zur  .

Auf einmal ist sie verschwunden.

„Oh nein, meine  ist weg!“,

stöhnt Fritzi.

Plötzlich steht Dracline vor ihm.

„Meinst du die hier?“, fragt sie.

An ihrem runden 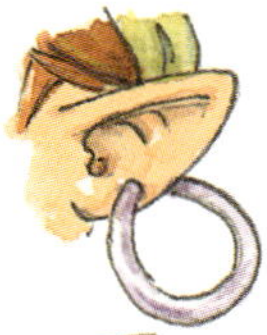 baumelt

kopfüber eine .

Fritzi springt auf und lacht.

„Mein  ist ganz von selbst zu

dir geflogen!“

Da muss Dracline auch lachen.

Nur die  nicht, denn die

schnarcht friedlich: „Hapüütchi!“

Die Wörter zu den Bildern:

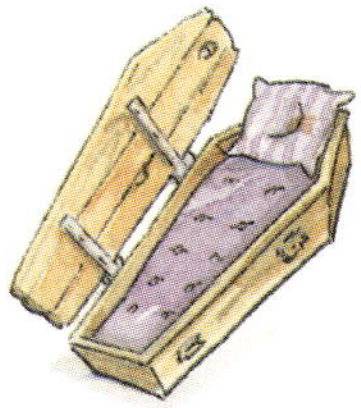

Sarg

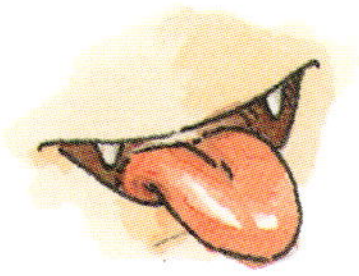

Zunge

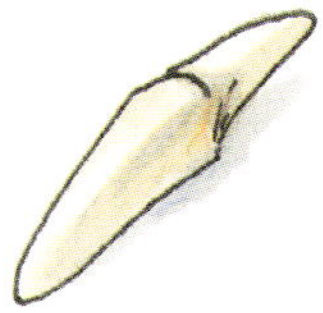

Eckzahn

Schloss

Laus

Tomaten

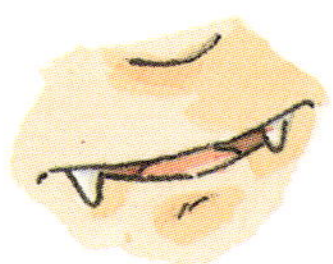

Mund

Decke

Augen

Vampir

Träne

Wange

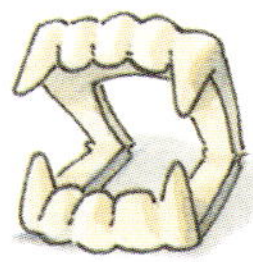

Vampir-
gebiss

Klo

Kopf

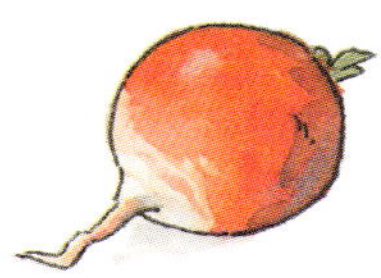

Radieschen

Fleck

Stirn

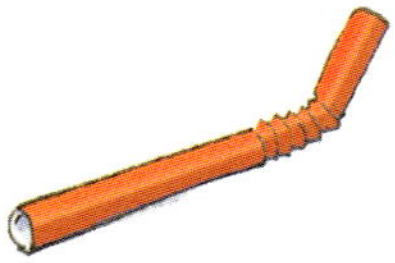
Strohhalm

Staubsauger

Schnürsenkel

Schuh

Schlitten

Elefant

Hals

Kette

Friedhof

Mond

Sterne

Wolf

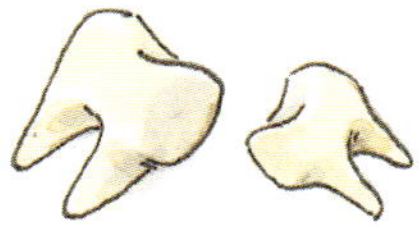
Zähne

Knie

Wackelpudding

Knoblauch

Burg

Vampirin

Welt

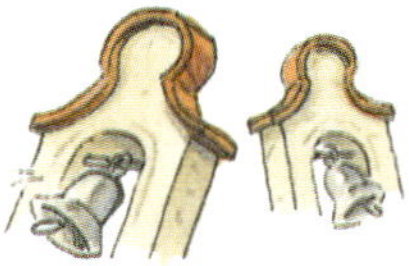

Kirchturm-
glocken

Mumie

Bauch

Achterbahn

Kuss

Schatten

Grabstein

Eule

Baum

Ast

Hose

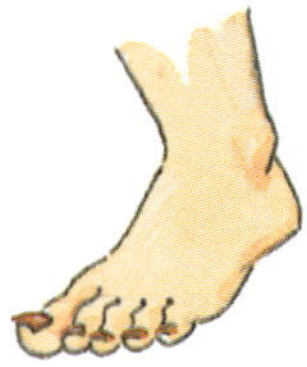

Fuß

Umhang

Schwein

Zahnlücke

Tisch

Arme

Huhn

Popo

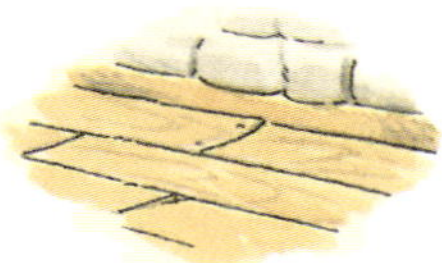
Boden

Esel

Knopf

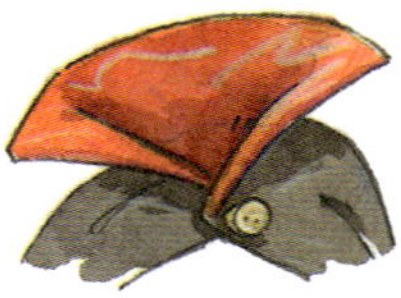
Kragen

Rakete

Kron-
leuchter

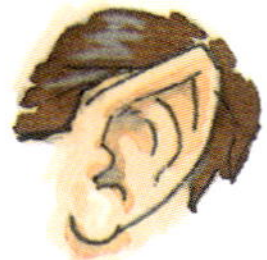
Ohr

Rennfahrer

Kutschen

Pferde

Geschenk

Tor

Cocktails

Spinnen

Fliegenpilze

Ärmel

Fledermaus

Regenwurm

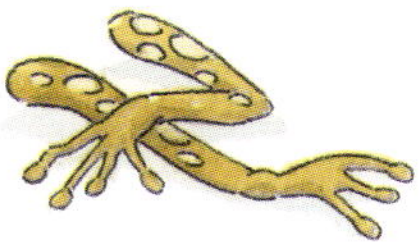
Krötenbeine

Teller

Pfeil

Hut

Gräfin

Tür

Ohrring

Franziska Gehm wurde 1974 in Sondershausen geboren. In Jena, Limerick und Sunderland studierte sie Anglistik, Psychologie und Interkulturelle Wirtschaftskommunikation. Nach dem Studium unterrichtete sie an einem Gymnasium in Dänemark, arbeitete bei einem Wiener Radiosender und als Kinderbuchlektorin. Sie lebt als Autorin und Übersetzerin in München.

Michael Bayer, 1971 in Friedrichshafen am Bodensee geboren, studierte Grafikdesign und Illustration an der Fachhochschule in Münster. Nach einem kurzen Abstecher in die Werbung, arbeitet er heute als freier Illustrator in der Ateliergemeinschaft RAUM 3 in Münster.